Pinocchio

피노키오

피노키오

First edition : October 2009

TEL (02)2000-0515 | FAX (02)2271-0172 | www.ybmbooks.com

ISBN 978-89-17-19877-5 | ISBN 978-89-17-94056-5 SET

YBM Reading Library는 ...

쉬운 영어로 문학 작품을 즐기면서 영어 실력을 크게 향상시킬 수 있도록 개발된 독해력 완성 프로젝트입니다. 전 세계 어린이와 청소년들에게 재미와 감동을 주는 세계의 명작을 이제 영어로 읽으세요. 원작에 보다 가까이 다가가는 재미와 명작의 깊이를 느낄 수 있을 거예요.

350 단어에서 1800 단어까지 6단계로 나누어져 있어 초·중·고 어느 수준에서나 자신이 좋아하는 스토리를 골라 읽을 수 있고, 눈에 쉽게 들어오는 기본 문장을 바탕으로 활용도가 높고 세련된 영어 표현을 구사하기 때문에 쉽게 읽으면서 영어의 맛을 느낄 수 있습니다. 상세한 해설과 흥미로운 학습 정보, 퀴즈 등이 곳곳에 숨어 있어 학습 효과를 더욱 높일 수 있습니다.

이야기의 분위기를 멋지게 재현해 주는 삽화와 함께 재미있는 이야기를 읽고, 전문 성우들의 박진감 있는 연기로 스토리를 반복해서 듣다 보면 리스닝 실력까지 향상됩니다. YBM Reading Library만의 특별한 CD-ROM 속 E-Book으로 새로운 개념의 명작 읽기에 도전해 보는 것은 어떨까요? 보고, 읽고, 듣기를 동시에 할 수 있을 뿐 아니라, 간편한 버튼 조작으로 해설·번역 보기, 속도 조절 등을 자유롭게 할 수 있습니다.

세계의 명작을 읽는 재미와 영어 실력 완성의 기쁨을 마음껏 맛보고 싶다면, YBM Reading Library와 함께 지금 출발하세요!

준비하고, 읽고, 다지는 3단계 리딩 전략

YBM Reading Library

책을 읽기 전에 가볍게 워밍업을 한 다음, 재미있게 스토리를 읽고, 다 읽고 난 후 주요 구문과 리스닝까지 꼭꼭 다지는 3단계 리딩 전략! CD-ROM까지 활용하면 더욱더 재미있고 효과적이죠. YBM Reading Library, 이렇게 활용하세요.

Before the Story

Words in the Story

스토리에 들어가기 전, 주요 단어를 맛보며 이야기의 분위기를 느껴 보세요~

In the Story

★ 스토리

재미있는 스토리를 읽어요. 잘 모른다고 멈추지 마세요. 한 페이지, 또는 한 chapter를 끝까지 읽으면서 흐름을 파악하세요.

★★ 단어 및 구문 설명

어려운 단어나 문장을 마주쳤을 때, 그 뜻이 알고 싶다면 여기를 보세요. 나중에 꼭 외우는 것은 기본이죠.

★★★ 돌발 퀴즈

스토리를 잘 파악하고 있는지 궁금하면 돌발 퀴즈로 잠깐 확인해 보세요.

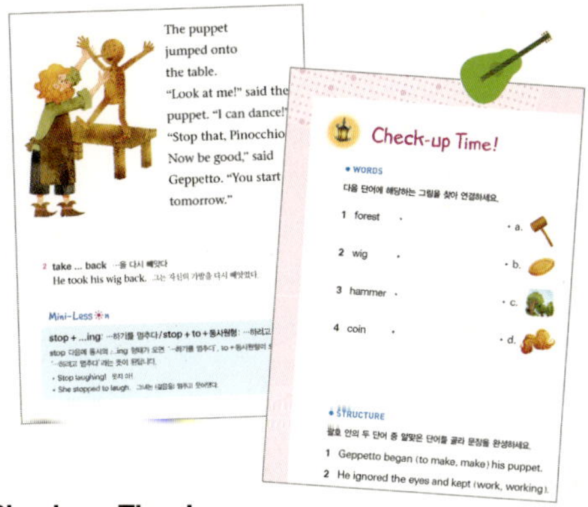
The puppet jumped onto the table.
"Look at me!" said the puppet. "I can dance!"
"Stop that, Pinocchio. Now be good," said Geppetto. "You start tomorrow."

2 take ... back ~을 다시 빼앗다
He took his wig back.

Check-up Time!
• WORDS
다음 단어에 해당하는 그림을 찾아 연결하세요.
1 forest • • a.
2 wig • • b.
3 hammer • • c.
4 coin • • d.
• STRUCTURE
괄호 안의 두 단어 중 알맞은 단어를 골라 문장을 완성하세요.
1 Geppetto began (to make, make) his puppet.
2 He ignored the eyes and kept (work, working).

Mini-Lesson

너무나 중요해서 그냥 지나칠 수 없는 알짜 구문은 별도로 깊이 있게 배워요.

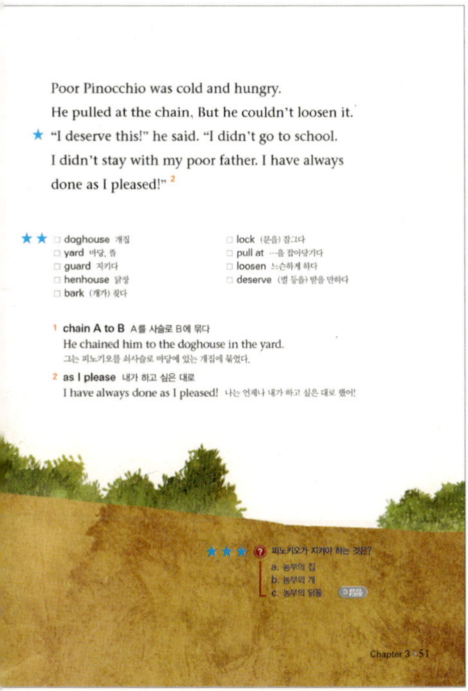
Poor Pinocchio was cold and hungry.
He pulled at the chain. But he couldn't loosen it.
★ "I deserve this!" he said. "I didn't go to school.
I didn't stay with my poor father. I have always done as I pleased!" [2]

★★ □ doghouse 개집 □ yard 마당, 뜰 □ guard 지키다 □ henhouse 닭장 □ bark (개가) 짖다 □ lock (문을) 잠그다 □ pull at ~을 잡아당기다 □ loosen 느슨하게 하다 □ deserve (벌 등을) 받을 만하다

1 chain A to B A를 사슬로 B에 묶다
He chained him to the doghouse in the yard.
그는 피노키오를 쇠사슬로 마당에 있는 개집에 묶었다.

2 as I please 내가 하고 싶은 대로
I have always done as I pleased! 나는 언제나 내가 하고 싶은 대로 했어!

★★★ ? 피노키오가 지켜야 하는 것은?
a. 농부의 집
b. 농부의 개
c. 농부의 닭들

Chapter 3 • 51

Check-up Time!

한 chapter를 다 읽은 후 어휘, 구문, summary까지 확실하게 다져요.

Focus on Background

작품 뒤에 숨겨져 있는 흥미로운 이야기를 읽으세요. 상식까지 풍부해집니다.

After the Story

Reading X-File 이야기 속에 등장했던 주요 구문을 재미있는 설명과 함께 다시 한번~

Listening X-File 영어 발음과 리스닝 실력을 함께 다져 주는 중요한 발음법칙을 살펴봐요.

CD-ROM 속의 E-Book 새로운 명작 읽기가 시작됩니다. E-Book을 열고 텍스트를 읽으면서 음성까지 동시에 들어 보세요. 속도를 마음대로 조절할 수 있고, 모르는 부분이 나오면 클릭 한 번으로 해설, 번역 등을 바로 확인할 수 있어요.

YBM Reading Library

이제 아름다운 이야기가 시작됩니다

Pinocchio

Before the Story

In the Story

Carlo Collodi (1826~1890)

카를로 콜로디는 …

이탈리아 피렌체에서 태어났으며 본명은 카를로 로렌치니(Carlo Lorenzini)다. 수도회에서 수사학과 철학을 공부하던 그는 군대에 자원하여 이탈리아의 통일·독립 전쟁에 참전하였다. 그 후 콜로디란 이름으로 신문과 잡지에 강한 나라 건설의 희망을 담은 글을 기고하며 애국사상을 드높이는 한편 희곡을 집필하고 연극 무대감독으로 일하였다.

그는 또한 조국 이탈리아의 장래를 책임질 어린이들을 훌륭히 교육시켜야 한다는 생각으로 아동문학에도 큰 관심을 가져, 로마의 한 어린이 잡지에 꼭두각시 인형을 주인공으로 한 소설을 연재하였다. 이 소설이 바로 그의 일생 최고의 역작이자 대표작인 〈피노키오〉로, 연재와 동시에 큰 사랑을 받았으며 이로 인해 콜로디는 세계적 아동문학가의 반열에 오르게 되었다. 피노키오의 성공과 더불어 그는 아동문학작품 집필에 몰두하여 〈유쾌한 이야기(Cheerful Stories)〉, 〈붉은 털 아기 원숭이 피피(Pipi, the Little Pink Monkey)〉 등의 작품을 남겼다.

Pinocchio

피노키오는 …

콜로디가 1881년부터 1883년까지 어린이 잡지에 연재했던 소설로, 혼자 말하고 춤추는 꼭두각시 인형이 겪는 기상천외한 모험 이야기 속에 어린이들이 착하게 자라기를 바라는 작가의 소망이 담겨 있다.

가난한 목수 제페토는 나무를 깎아 꼭두각시 인형을 만들고 피노키오라 부르며 아들처럼 사랑한다. 하지만 철없는 피노키오는 아버지가 어렵게 마련해준 책을 팔아 인형극을 구경하고 강도인 여우와 고양이를 만나 목숨까지 위태로워진다. 파란 요정의 도움으로 간신히 살아난 피노키오는 다시 나쁜 친구의 꾐에 빠져 급기야 바다에 던져진다.

잘못을 깊이 뉘우친 피노키오는 상어 뱃속에서 제페토와 다시 만나 탈출에 성공한 뒤 착한 소년으로 변신한다.

말썽꾸러기 나무 인형 피노키오가 착한 심성의 진짜 소년으로 변해가는 과정을 그린 〈피노키오〉는 재미와 교훈을 함께 주는 아동문학의 명작으로 현재까지 변함없는 사랑을 받고 있다.

People in the Story

피노키오의 모험에 누가 등장하는지 함께 살펴볼까요?

The Blue Fairy 숲에 사는 파란 요정. 피노키오가 강도를 만나 거의 죽게 된 것을 살려 주고 착하게 굴면 진짜 소년으로 만들어 주겠다고 약속한다.

Pinocchio 꼭두각시 나무 인형. 신기한 나무로 만들어져 혼자 말하고 움직인다. 제멋대로 행동하는 말썽꾸러기지만 여러 모험을 겪으면서 착한 소년이 된다.

The Talking Cricket 말하는 귀뚜라미. 피노키오에게 착한 아이가 되라고 충고하다 피노키오가 던진 망치에 맞아 죽는다.

Geppetto 피노키오를 만든 목수. 아들처럼 사랑하던 피노키오가 사라지자 아들을 찾으러 배를 타고 바다로 나갔다가 거대한 상어에게 잡아먹힌다.

The Weasels 닭을 훔치는 족제비 무리. 농부에게 붙잡혀 닭장을 지키던 피노키오를 꾀려다 농부에게 잡히고 만다.

The Fox and Cat 2인조 강도인 여우와 고양이. 피노키오를 속여 돈을 가로채려다 여의치 않자 피노키오를 나무에 매달아놓고 간다.

Tunny, the Tuna Fish 착한 다랑어 튜니. 상어 뱃속에서 탈출한 피노키오와 제페토를 등에 업고 육지까지 데려다 준다.

The Shark 거대한 상어. 제페토를 먼저 집어삼키고 나중에 피노키오를 삼켜 둘이 자신의 뱃속에서 다시 만나는 계기를 만들어준다.

Words in the Story

피노키오의 세계로 여러분을 초대합니다.

ride 놀이기구
driver 마부
wagon 마차
circus 서커스, 곡예
whip 채찍, 채찍으로 때리다
ring 고리
donkey 당나귀
owner 주인
do tricks 재주를 부리다

a Beautiful Invitation

– YBM Reading Library

Pinocchio

Carlo Collodi

CHAPTER 1

The Little Wooden Puppet

꼬마 나무 인형

Once there was an old carpenter.
His name was Geppetto, and he lived alone in the forest.
One day he found a wonderful piece of wood.
"I'll make a puppet," he said.
"I'll call him Pinocchio. He will be my little boy
and I won't be lonely anymore."
Geppetto took the wood home and began to make 1
his puppet.
He made the hair, the face, and the eyes.
Suddenly the eyes moved and stared at him.
Geppetto was surprised, but ignored it.
He kept working.

- □ wooden 나무로 된
- □ puppet 꼭두각시 인형
- □ carpenter 목수
- □ alone 혼자서, 홀로
- □ forest 숲
- □ one day 어느 날
- □ a piece of 한 조각의
- □ call A B A를 B라고 부르다
- □ lonely 외로운
- □ stare at …을 노려보다
- □ ignore 무시하다
- □ keep + ...ing 계속 …하다

1 **begin〔start〕 to + 동사원형** …하기 시작하다
Geppetto began to make his puppet. 제페토는 꼭두각시 인형을 만들기 시작했다.

As soon as Geppetto finished [1]
the mouth, it began to
laugh.
He was surprised again.
Now he knew the wood
was very special.
"Stop laughing!" said Geppetto.
The mouth stuck out a long tongue.
Geppetto made the arms and
the hands.
Suddenly the puppet grabbed
his yellow wig.
"Pinocchio! Give me my
wig!" he cried and took his
wig back. [2]

- □ special 특별한
- □ stick out 쑥 내밀다 (stick-stuck-stuck)
- □ tongue 혀
- □ grab 잡아채다
- □ wig 가발
- □ give A B A에게 B를 주다
- □ kick 발로 차다
- □ Ouch! 아야!
- □ jump onto …위로 뛰어오르다

1 **as soon as** …하자마자
As soon as Geppetto finished the mouth, it began to laugh.
제페토가 인형의 입을 만들자마자 입이 웃기 시작했다.

Geppetto finished the legs and the feet.
But one of the legs kicked his nose.
"Ouch!" he cried.

The puppet jumped onto the table.
"Look at me!" said the puppet. "I can dance!"
"Stop that, Pinocchio. Now be good," said Geppetto. "You start school tomorrow."

2 **take ... back** …을 다시 빼앗다
He took his wig back. 그는 자신의 가발을 다시 빼앗았다.

Mini-Lesson

stop + ...ing: …하기를 멈추다 / **stop + to + 동사원형**: …하려고 멈추다

stop 다음에 동사의 ...ing 형태가 오면 '…하기를 멈추다', to + 동사원형이 오면 '…하려고 멈추다' 라는 뜻이 된답니다.

- Stop laughing! 웃지 마!
- She stopped to laugh. 그녀는 (걸음을) 멈추고 웃어댔다.

It was dark when Pinocchio woke up.
He heard a strange noise. “Cri-cri-cri!”
“Who’s that?” he asked.
“I’m the Talking Cricket,” said a voice.
“This has been my room for a hundred years.”

★ cricket(귀뚜라미)은 ‘크리크리’ 하고 운다고 해서 지은 이름이래요. 우리말에서는 귀뚤귀뚤 울기 때문에 귀뚜라미인 것처럼요.

- ☐ wake up (잠에서) 깨다 (wake-woke-woken)
- ☐ noise 소리, 소음
- ☐ first 먼저, 우선
- ☐ never 절대 …하지 않다
- ☐ remember 기억하다
- ☐ real 진짜의
- ☐ if 만약 …라면
- ☐ throw A at B B를 맞추려고 A를 던지다 (throw-threw-thrown)
- ☐ hammer 망치

"This is my room now," said Pinocchio.

"You have to leave!" [1]

"I will," said the Cricket. "But first, I must say something. Bad boys will never be happy!"

"I'm not bad. I'm going to school tomorrow," said Pinocchio.

"Remember, you'll never be a real boy if you are bad!"

"I'm not listening anymore, Mr. Cricket!"

Pinocchio threw a hammer at the Cricket.

It hit him on the head. [2]

"Cri-cri-cri."

The Cricket fell down and died!

1 **have to〔must〕+ 동사원형** …해야 하다
You have to leave! 네가 나가줘야겠어!

2 **hit ... on the head** …의 머리에 맞다〔명중하다〕
It hit him on the head. 망치는 귀뚜라미의 머리에 맞았다.

Mini-Lesson

See p. 84

전부터 지금까지 계속 그래왔다면?

과거 어느 시점부터 현재까지 '계속 …이었다〔있었다〕'라고 할 때는 have〔has〕 been을 써요. 그리고 뒤에 오는 「for + 시간단위」가 얼마 동안 그랬는지 알려준답니다.

- This has been my room for a hundred years. 여기는 백 년 동안 내 방이었어.
- I have been here for a week. 나는 일주일 전부터 계속 여기 있었다.

The next morning,
Geppetto gave Pinocchio his books.
"Where's your coat, Father?" he asked.
"I sold it," said Geppetto. "It was too warm."[1]
But in fact, Geppetto had sold his coat to buy
the books for his son.
Pinocchio understood what had happened.
He hugged his father and kissed him. Then
Pinocchio walked to school with his new books.

- □ coat 외투
- □ sell 팔다 (sell-sold-sold)
- □ in fact 사실은
- □ buy A for B B에게 A를 사주다 (buy-bought-bought)
- □ understand 이해하다, 알아차리다 (understand-understood-understood)
- □ happen (일 · 상황이) 벌어지다, 일어나다
- □ hug 껴안다
- □ the day after tomorrow 모레
- □ count numbers 수를 세다
- □ make money 돈을 벌다 (make-made-made)
- □ another 또 하나의, 다른

"School will be fun," he said. "Today I will learn to 2
read! Tomorrow I will learn to write! The day after tomorrow I will learn to count numbers! Then I'll make some money, and buy Father another warm coat!"

Suddenly he stopped and said,

"I can hear music. Where is it coming from?"

1 **too + 형용사** 너무 …한
It was too warm. 날씨가 너무 따뜻해서 말이야.

2 **learn to + 동사원형** …하는 것을 배우다
Today I will learn to read! 오늘은 읽기를 배워야지!

Mini-Lesson

과거보다 더 과거: had + 과거분사

과거시제로 말하다가 그보다 더 전에 있었던 일을 표현할 때는 「had + 과거분사」를 써요. 뜻은 '…했었다'가 된답니다.

- "I sold it," said Geppetto. "It was too warm." But in fact, Geppetto had sold his coat to buy the books for his son. "팔았단다. 날씨가 너무 따뜻해서 말이야." 제페토가 대답했다. 하지만 사실 제페토는 아들에게 책을 사주기 위해 외투를 팔았던 것이다.

Pinocchio ran toward a crowd of people.
"What's happening?" Pinocchio asked a little boy.
"It's the GREAT PUPPET SHOW," said the boy.
"Has the show started?"
"Not yet! But you must pay to watch!" [1]
Pinocchio forgot about school, and about his father.
He sold his books to a ragpicker. [2]
When he went in, Pinocchio saw lots of puppets on the stage.
"I can sing and dance," shouted Pinocchio.
"And I don't need strings!"
He climbed onto the stage.
"Get off my stage," shouted the Director of the Show.
But the crowd liked Pinocchio. They clapped and cheered him.
So the Director gave him five gold coins.

- □ crowd (사람들의) 무리, 관객
- □ show 연극, 구경거리
- □ ragpicker 넝마주이
- □ stage 무대
- □ string (꼭두각시 인형에 달려 있는) 줄
- □ climb onto … 위로 올라가다
- □ get off …에서 내려가다 (get-got-got(ten))
- □ director (극단의) 단장, (연극의) 감독
- □ clap 손뼉을 치다
- □ cheer …에게 환호하다
- □ gold coin 금화

1 **pay to + 동사원형** …하려고 돈을 내다

You must pay to watch!

구경하려면 돈을 내야 해!

2 **sell A to B** B에게 A를 팔다

He sold his books to a ragpicker.

그는 넝마주이에게 책을 팔아버렸다.

? 피노키오가 책을 판 이유는?

a. 학교에 가기 싫어서
b. 인형극이 보고 싶어서
c. 넝마주이가 달라고 해서

정답 b

Check-up Time!

• WORDS

다음 단어에 해당하는 그림을 찾아 연결하세요.

1 forest • • a. 

2 wig • • b. 

3 hammer • • c. 

4 coin • • d. 

• STRUCTURE

괄호 안의 두 단어 중 알맞은 단어를 골라 문장을 완성하세요.

1 Geppetto began (to make, make) his puppet.

2 He ignored the eyes and kept (work, working).

3 This is my room now. You have (to leave, leaving)!

ANSWERS

Words | 1. c 2. d 3. a 4. b

Structure | 1. to make 2. working 3. to leave

● COMPREHENSION

문장의 앞부분과 뒷부분을 본문에 나오는 내용을 생각하며 연결하세요.

1	Geppetto •		• a. gave Pinocchio money.
2	Pinocchio •		• b. fell down and died.
3	The Cricket •		• c. lived in the forest.
4	The Director •		• d. kicked Geppetto's nose.

● SUMMARY

빈 칸에 맞는 말을 골라 이야기를 완성하세요.

Geppetto made a puppet out of (   ) wood, and named him Pinocchio. At night, a talking cricket (   ) and told Pinocchio to be good, but he (   ) the Cricket with a hammer. Next day on his way to school, Pinocchio sold his books to watch a (   ).

a. killed

b. appeared

c. puppet show

d. a piece of

ANSWERS

Comprehension | 1. c 2. d 3. b 4. a Summary | d, b, a, c

CHAPTER 2

The Robbers

강도들

On his way home, Pinocchio met a lame fox and a blind cat.

They were walking together like two old friends.

"Hello, Pinocchio," said the Fox.

"How do you know my name?"

"Because I saw your father. He was without his coat, and trembling with cold."

"Poor Father! But after today, he won't be cold."

"Why?"

"Because I have become rich."

Pinocchio told them about his gold coins.

"Wait here for us," said the Cat suddenly.

"We will be right back," said the Fox, "and show you how to double your money!" [1]

Then they walked off.

- □ robber 강도
- □ on one's way home 집으로 가는 길에
- □ lame 다리를 저는
- □ blind 앞을 못 보는
- □ tremble 몸을 떨다
- □ with cold 추위로, 추워서
- □ tell A about B A에게 B에 대해 이야기하다
- □ wait for …을 기다리다
- □ be right back 곧 돌아오다
- □ double 두 배로 만들다
- □ walk off 걸어 가버리다

1 **show + 목적어(A) + how to + 동사원형(B)** A에게 B하는 방법을 보여[알려]주다
We will show you how to double your money!
우리가 너에게 돈을 두 배로 불릴 방법을 알려주겠어!

Pinocchio was alone in the dark.

He saw a small, shiny thing in a tree.

It was watching him.

"Who are you?" asked Pinocchio.

"And why are you looking at me?"

"I'm the Ghost of the Talking Cricket. Go home, and give your money to your poor father."

"But soon I will have ten gold coins! Then he can buy lots of new coats!"

"Don't listen to strangers. This road is dangerous! [1] Go home!"

"I will go after I double my money."

"Remember, bad boys will never be happy!"

Then the Ghost of the Talking Cricket disappeared.

? 본문에 나오는 'I double my money.'의 의미는?

a. 난 금화의 개수를 두 배로 늘리겠어.
b. 난 금화의 크기를 두 배로 늘리겠어.
c. 난 금화의 두께를 두 배로 늘리겠어.

정답 a

- □ in the dark 어둠 속에
- □ shiny 빛이 나는
- □ ghost 유령
- □ stranger 낯선 사람
- □ dangerous 위험한
- □ disappear 사라지다

1 **listen to** …의 말에 귀를 기울이다, …의 말대로 하다
Don't listen to strangers. 낯선 이들의 말에 귀 기울이지 마.

Pinocchio was alone again. The Fox and Cat weren't really lame or blind. They were robbers.

They put on black sacks and appeared again.

"Give us your money or we will kill you!" they said.[1]

Pinocchio was very frightened. He quickly hid the coins under his tongue.

One of the robbers held him by the nose. The other robber held his chin.

They tried and tried to open his mouth, but failed.

"We'll hang you from that tree," said the Fox.

"Then we'll come back in the morning."

"Perhaps then you will give us your money!" said the Cat.

Pinocchio still did not open his mouth!

So they hung him from the tree.

1 **명령문+or** …하지 않으면 ~할 것이다
Give us your money or we will kill you!
돈을 내놓지 않으면 너를 죽이겠다!

- □ put on …을 입다[뒤집어쓰다] (put-put-put)
- □ sack 자루
- □ appear 나타나다, 모습을 드러내다
- □ frightened 겁에 질린
- □ hide 숨기다, 감추다 (hide-hid-hidden)
- □ hold ... by the nose …의 코를 잡다 (hold-held-held)
- □ the other (둘 중에) 나머지 다른 하나
- □ chin 턱
- □ hang A from B A를 B에 매달다 (hang-hung-hung)
- □ still 아직도, 여전히

The Blue Fairy of the Forest saw the poor little puppet and saved him.
She took him to her house. Pinocchio told her about the robbers.
"Where are the gold coins now?" asked the Fairy.
"I lost them," lied Pinocchio.
They were really in his pocket. Pinocchio's nose grew longer.[1] ★ 피노키오는 거짓말을 하면 코가 길어지는데요, 사람도 거짓말을 하면 불안한 마음이 신체반응으로 나타나 코의 조직세포가 부어 오르기도 한대요.
"And where did you lose them?"
"In the forest."
Then his nose grew even longer.
"We'll look for them tomorrow," said the Fairy.
"I'm sure we'll find them!"[2]
"Now I remember," said Pinocchio. "I didn't lose the gold coins. I swallowed them."
Now his nose was so long that he couldn't turn around.

- □ fairy 요정
- □ save 구해주다
- □ take A to B A를 B로 데려가다 (take-took-taken)
- □ lose 잃다 (lose-lost-lost)
- □ lie 거짓말하다
- □ pocket 주머니
- □ even 더욱더
- □ look for …을 찾다
- □ find 찾아내다 (find-found-found)
- □ swallow 삼키다
- □ turn around 몸을 돌리다

1 **grow + 형용사의 비교급** (점점) …해지다
Pinocchio's nose grew longer. 피노키오의 코가 점점 길어졌다.

2 **be sure (that) + 주어 + 동사** …가 ~할 것으로 확신하다
I'm sure we'll find them! 우리는 반드시 돈을 찾을 수 있을 거야!

Mini-Lesson

See p. 85

so + 형용사(A) + that절(B): 몹시[너무] A해서 B하다

- His nose was so long that he couldn't turn around.
  그의 코가 너무 길어져서 몸을 돌릴 수도 없었다.
- The boy was so young that his mothers had to feed him.
  소년은 너무 어려서 그의 어머니가 음식을 먹여 주어야 했다.

The Fairy looked at Pinocchio and laughed.

"Why are you laughing?" he asked.

"I am laughing at your lies."

"How do you know I am lying?"

"When you lie, your nose grows. And it has grown very long!"

Pinocchio was ashamed.

He tried to hide.

But his nose was too long to move!

"Promise me you will always be good," said [1] the Blue Fairy.

"I promise! I'll be good!" said Pinocchio.

"And you must always tell the truth!"

- □ laugh at …을 보고 웃다 (비웃다)
- □ ashamed 부끄러운, 창피한
- □ truth 진실
- □ some day (미래의) 언젠가

1 **promise + 목적어(A) + (that)절(B)** A에게 B하겠다고 약속하다
Promise me you will always be good.
항상 착하게 행동하겠다고 내게 약속해.

2 **make + 목적어(A) + 형용사의 비교급(B)** A가 더 B하게 만들다
I will make your nose smaller.
코가 (지금보다) 더 작아지게 해 줄게.

"I promise! I won't tell another lie!"

"I will make your nose smaller," said the Fairy. 2

"Go home! Then some day you will be a real boy!"

Mini-Lesson

too + 형용사(A) + to + 동사원형(B): 너무 A해서 B할 수 없다

too의 수식을 받는 형용사 다음에 to + 동사원형을 쓰면 '너무 …해서 ~할 수 없다 (~하기에는 너무 …하다)' 라는 문장을 만들 수 있어요.

- His nose was too long to move! 피노키오는 코가 너무 길어서 몸을 움직일 수 없었다!
- I was too sick to go to school. 나는 너무 아파서 학교에 갈 수 없었다.

The next day on the road, Pinocchio met the Fox and Cat again.
Poor Pinocchio didn't know they were the robbers.
He was happy to see them.
"You can double your money," said the Fox.
"You only have to bury it in the Field of Wonders," said the Cat.
So Pinocchio buried his money in the field.
"Now you can go," said the Fox.
"Return here in twenty minutes and [1]
you will find lots of gold coins."
But when Pinocchio returned, his money was gone!
Of course, the Fox and Cat had already stolen his money and run away.

- □ bury (땅에) 묻다
- □ field 밭, 들판
- □ wonder 기적, 놀라운 일
- □ return 돌아오다
- □ gone 사라진, 없어진
- □ steal 훔치다 (steal-stole-stolen)
- □ run away 달아나다 (run-ran-run)

1 **in + 시간단위** …후에, …이 지난 다음에

Return here in twenty minutes.

20분 후에 여기로 돌아와.

Check-up Time!

● WORDS

퍼즐의 빈 칸에 들어갈 알맞은 단어를 쓰세요.

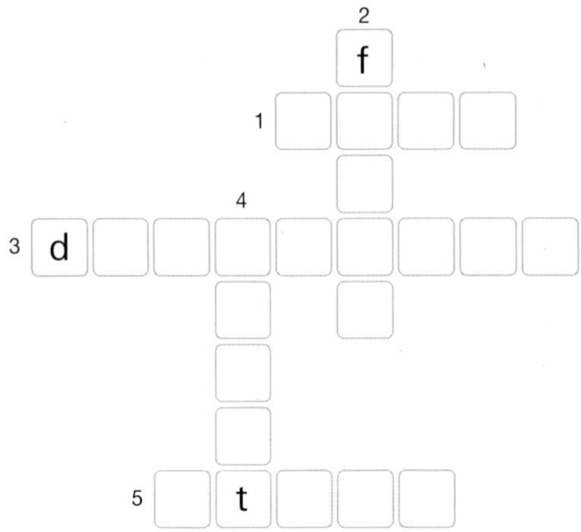

Across

1. 매달다
3. 위험한
5. 훔치다

Down

2. 요정
4. 유령

● STRUCTURE

괄호 안의 단어를 바르게 배열해 문장을 완성하세요.

1 I'll (you, how to, show, double) your money!

→ I'll ______________________ your money!

2 I will (after, I, go, my, double) money.

→ I will ______________________ money.

3 I (make, smaller, will, nose, your).

→ I ______________________.

ANSWERS

Words | Across 1. hang 3. dangerous 5. steal Down 2. fairy 4. ghost
Structure | 1. show you how to double 2. go after I double my
3. will make your nose smaller

• COMPREHENSION

본문의 내용과 일치하면 True, 일치하지 않으면 False에 표시하세요.

1 The Fox and Cat wanted to help Pinocchio.

☐ True ☐ False

2 The robbers tried to open Pinocchio's mouth.

☐ True ☐ False

3 Pinocchio's nose grew longer when he lied.

☐ True ☐ False

4 Pinocchio lost his money in the forest.

☐ True ☐ False

• SUMMARY

빈 칸에 맞는 말을 골라 이야기를 완성하세요.

Pinocchio met the Fox and Cat. They were ( ). They wanted to take Pinocchio's ( ), so they hung him from a tree. The Blue Fairy saved him, but Pinocchio told ( ) about the money. The Fairy said if Pinocchio was good he would be a ( ) some day.

a. robbers b. real boy

c. gold coins d. lies

ANSWERS

Comprehension | 1. False 2. True 3. True 4. False Summary | a, c, d, b

이야기 속 주인공인 피노키오는 나무로 만든 꼭두각시 인형이에요.
이 기회에 꼭두각시 인형에 대해 알아볼까요?

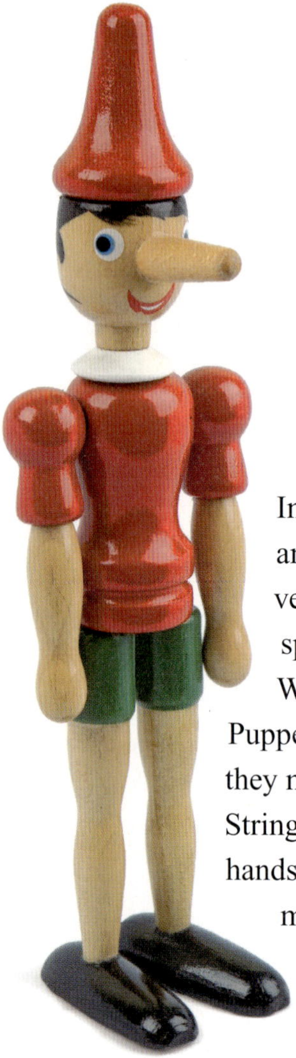

꼭두각시 인형과 인형극

Puppet and Puppet Show

In the story, Geppetto makes a wooden puppet and names him Pinocchio. But Pinocchio is very special, because, unlike other puppets, he speaks, moves, and even dances on his own! Why don't we learn more about puppets? Puppets are often hung by a number of strings, and they move as you move the strings from above. Strings are usually attached to the head, back, hands, and legs of puppets. You need skills to move them well! When a really skilled person plays a puppet, it looks like a real person!

Puppets and puppet theaters have a long history, and have been widely loved in Europe. Especially in the 19th century, when the story of Pinocchio was written, puppet shows were very popular in Italy.
The puppet players of that time toured all around the country, and also delivered news from a city to another. They were actually the people who knew the most of interesting stories!

〈피노키오〉 이야기에서 제페토는 나무로 꼭두각시 인형을 만들고 피노키오라고 이름 붙입니다. 그런데 피노키오는 아주 특별해요. 왜냐하면 다른 꼭두각시 인형들과 달리 스스로 말하고 움직이고 춤까지 추니까요! 꼭두각시 인형에 대해 좀 더 알아볼까요?
보통 꼭두각시 인형에는 여러 개의 줄이 달려 있어서 사람이 위에서 줄을 움직이는 대로 인형이 움직이게 됩니다. 줄은 보통 인형의 머리, 등, 손, 다리에 연결되어 있죠. 인형을 잘 움직이려면 기술이 필요해요! 아주 숙달된 사람이 인형을 조종하면 인형이 마치 진짜 사람처럼 보인답니다!
꼭두각시 인형과 인형극의 역사는 오래 되었고, 지금까지 유럽에서 널리 사랑받고 있어요. 특히 〈피노키오〉 이야기가 쓰인 19세기 이탈리아에서 꼭두각시 인형극은 큰 인기를 누렸죠. 그 시대 꼭두각시 놀이꾼들은 전국을 돌며 공연을 하면서 이 도시에서 저 도시로 소식을 전하기도 했죠. 사실 꼭두각시 놀이꾼들이야말로 재미있는 이야기를 가장 많이 아는 사람들이었답니다!

The Weasels

족제비 무리

Pinocchio kept walking. Suddenly he stopped. “What is that in the middle of the road?” he thought.

He tiptoed closer. It was a large, green snake, with shiny red eyes.

Pinocchio was very frightened! He hid behind a big tree. He hoped the Snake would leave. 1

- □ weasel 족제비
- □ in the middle of … 한가운데
- □ tiptoe 발끝으로 (살금살금) 걷다
- □ snake 뱀
- □ for a very long time 아주 오랫동안
- □ bravely 용감하게
- □ need to+동사원형 …할 필요가 있다, …하지 않으면 안 되다

He waited for a very long time. But the Snake did not move.

"Excuse me, Mr. Snake," said Pinocchio bravely. "Could you move please? I need to pass.[2] My father is waiting for me."

But the Snake did not move.

1 **hope + 주어 + will + 동사원형** …가 ~하기를 바라다
He hoped the Snake would leave.
피노키오는 뱀이 다른 데로 가기를 바랐다.

2 **Could you + 동사원형(+please)?** …해 주시겠어요?
Could you move please? 좀 비켜주시겠어요?

"Is he dead?" thought Pinocchio.

He tried to step over him. Then the Snake moved suddenly.

Pinocchio fell over. His head stuck in the mud.

The Snake began to laugh. He laughed and laughed.

Pinocchio got up and ran away.

He was very hungry. So he jumped into a field to pick some grapes. [1]

As Pinocchio went near a grape vine, there was [2] a loud crack!

Poor Pinocchio was caught in the farmer's trap.

He began to scream and cry. But no one heard him.

The sky got darker. His legs hurt very much.

He almost fainted.

- □ dead 죽은
- □ step over …을 타고 넘다
- □ fall over (걸려) 넘어지다 (fall-fell-fallen)
- □ stick in …에 박히다 (stick-stuck-stuck)
- □ mud 진흙탕
- □ get up 일어나다
- □ pick (과일을) 따다
- □ crack 철컥(하는 소리)
- □ be caught in …에 걸리다[잡히다]
- □ trap 덫
- □ scream 비명을 지르다
- □ hurt 아프다 (hurt-hurt-hurt)
- □ faint 기절하다

1 **to + 동사원형** (목적) …하기 위해서, …하려고

He jumped into a field to pick some grapes.

그는 포도를 따먹기 위해 포도밭으로 뛰어들었다.

2 **as** …할 때, …함에 따라

As Pinocchio went near a grape vine, there was a loud crack!

피노키오가 포도나무로 다가가자 요란하게 철컥 하는 소리가 났다!

Then Pinocchio saw a firefly.

"You poor little fellow!" said the Firefly. "Why did you get caught in that trap?"

"I came into this field to take a few grapes and…"

"Are the grapes yours?"

"No."

"Then, who has taught you to steal things?"

"I was hungry."

"You can't steal just because you are hungry!"

"It's true, it's true!" cried Pinocchio. "I won't do it again."

Suddenly the Farmer appeared. He saw the puppet in his trap.

"Ah, you little thief!" said the Farmer.

- □ firefly 개똥벌레
- □ fellow (부르는 말) 녀석, 친구
- □ thief 도둑 (복수형 thieves)

"So it's you who steals my chickens!"

"No, no!" said Pinocchio. "I only wanted a few grapes."

Mini-Lesson

See p. 86

It is + 강조할 사람 + who + 동사 : …하는 것은 바로 ~이다

영어에서는 누가 하는지 강조하고 싶을 때 It is 다음에 강조할 사람을 넣고 그 다음에 「who + 동사」를 쓰면 됩니다.

- It's you who steals my chickens! 우리 집 닭을 훔치는 녀석이 바로 너로구나!
- It's John who wanted to meet me. 나를 만나려 했던 사람이 바로 존이다.

The Farmer took Pinocchio to his house.
He chained him to the doghouse in the yard. [1]
"My dog died today," said the Farmer.
"You must guard my henhouse. Bark if any thieves come!"
Then the Farmer went into his house and locked the door.

Poor Pinocchio was cold and hungry.
He pulled at the chain. But he couldn't loosen it.
"I deserve this!" he said. "I didn't go to school.
I didn't stay with my poor father. I have always
done as I pleased!" [2]

- □ doghouse 개집
- □ yard 마당, 뜰
- □ guard 지키다
- □ henhouse 닭장
- □ bark (개가) 짖다
- □ lock (문을) 잠그다
- □ pull at …을 잡아당기다
- □ loosen 느슨하게 하다
- □ deserve (벌 등을) 받을 만하다

1 **chain A to B** A를 사슬로 B에 묶다
He chained him to the doghouse in the yard.
그는 피노키오를 쇠사슬로 마당에 있는 개집에 묶었다.

2 **as I please** 내가 하고 싶은 대로
I have always done as I pleased! 나는 언제나 내가 하고 싶은 대로 했어!

피노키오가 지켜야 하는 것은?
a. 농부의 집
b. 농부의 개
c. 농부의 닭들

정답 c

Pinocchio fell asleep in the doghouse.

That night, a group of weasels appeared.

One of them said softly,

"Good evening, Melampo."

"I'm not Melampo. I'm Pinocchio."

"Where is Melampo? Where is the old dog?"

"He died."

"That's bad. He was so good! Will you be good too?"

"What do you mean?" asked Pinocchio.

"Well, we'll take eight chickens, and give you one if you won't bark."

"Did Melampo really do that?"

"Yes, he did."

"Okay, I'll be quiet," answered Pinocchio.

The weasels went into the henhouse.

Then Pinocchio shut the door of the henhouse and barked loudly.

The Farmer came out and caught the weasels.

He was very happy with Pinocchio, and freed him. [2]

- □ fall asleep 잠이 들다
- □ softly 나직이
- □ That's bad. 그것 안됐구나.
- □ shut 닫다 (shut-shut-shut)
- □ loudly 요란하게
- □ free 놓아주다

1 **a group of** …의 무리, 한 떼(무리)의 …
That night, a group of weasels appeared. 그날 밤 족제비 무리가 나타났다.

2 **happy with** …에게 흡족한(만족한)
He was very happy with Pinocchio. 농부는 피노키오에게 매우 흡족해했다.

Check-up Time!

● WORDS

다음 그림을 보고 보기에서 알맞은 단어를 골라 문장을 완성하세요.

trap	grapes	snake	doghouse

1 The  ________ had shiny, red eyes.

2 Pinocchio was caught in the  ________.

3 I only wanted a few  ________.

4 The Farmer chained him to the  ________.

● STRUCTURE

주어진 동사를 과거형으로 고쳐 쓰세요.

1 Pinocchio's head ________ in the mud. (stick)

2 Pinocchio's legs ________ very much. (hurt)

3 Pinocchio ________ the door of the henhouse. (shut)

ANSWERS

Words | 1. snake 2. trap 3. grapes 4. doghouse

Structure | 1. stuck 2. hurt 3. shut

● COMPREHENSION

이야기의 흐름에 맞게 순서를 정하세요.

a. Pinocchio went near a grape vine.

b. The Farmer freed Pinocchio.

c. Pinocchio met a green snake.

d. The weasels went into the henhouse.

(   ) → (   ) → (   ) → (   )

● SUMMARY

빈 칸에 맞는 말을 골라 이야기를 완성하세요.

> Pinocchio got hungry and jumped into a field to (   ) some grapes. But he got (   ) in the farmer's trap. The Farmer made Pinocchio (   ) the henhouse. At night a group of weasels came to (   ) chickens, but Pinocchio barked and woke the Farmer up.

a. caught

b. pick

c. steal

d. guard

ANSWERS

Comprehension | (c)→(a)→(d)→(b)   Summary | b, a, d, c

CHAPTER 4

The Land of Toys

장난감 나라

Pinocchio walked home and thought,

"What am I going to tell Father?

I must tell him the truth. I don't want my nose to grow again."[1]

Then Pinocchio met a wagon full of boys.

He asked one of them,

"Where are you going?"

"We're running away to the Land of Toys!

Come with us!"

"No, I can't! I promised to go home."
"In the Land of Toys there are no schools, teachers or books!" said the boy. "Every day is a holiday!"
"Hmm!" said Pinocchio. "Are you sure it's really fun there?"
"Oh, I am very sure!"

□ tell ... the truth …에게 사실대로 말하다
□ wagon 마차
□ full of …로 가득한
□ promise to+동사원형 …하겠다고 약속하다
□ holiday 휴일

1 **want+목적어(A)+to+동사원형(B)** A가 B하기를 원하다(바라다)
I don't want my nose to grow again.
난 코가 다시 길어지는 건 원치 않아.

Mini-Lesson

be going to+동사원형: …할 예정이다

be going to 다음에 동사원형이 오면 가까운 미래에 '…할 예정이다' 라는 뜻이 된답니다. 이미 하기로 정해진 미래의 행동을 말할 때 주로 쓰이는 표현이에요.

- What am I going to tell Father? 아빠에게는 뭐라고 말하는 게 좋을까?
- We are going to visit the museum. 우리는 그 박물관을 관람할 예정이다.

Pinocchio sighed deeply. "Okay," he said.
"I'm coming too!"
Then a voice said very quietly,
"Cri-cri-cri, you will be sorry before long."
Pinocchio looked around, but he saw no one.
The Driver of the Wagon smiled and said,
"Come on!"
They arrived at the Land of Toys.
Pinocchio saw lots of boys having fun. [1]
There were lots of rides, toys, and games.
He heard noise and laughter everywhere.
It was a very happy place!
He soon forgot about his poor father. And
he forgot his promise to the Blue Fairy.
"I am having fun here," said Pinocchio.
"Today I am a very happy boy!"

- ☐ sigh 한숨 쉬다
- ☐ deeply 깊이
- ☐ sorry 후회하는
- ☐ before long 머지 않아
- ☐ look around 주위를 둘러보다
- ☐ driver 마부
- ☐ Come on! 어서 타거라(오너라)!
- ☐ have fun 재미있게 지내다
- ☐ ride (유원지의) 놀이기구
- ☐ laughter 웃음(소리)

1 **see + 목적어(A) + ...ing(B)**: A가 B하고 있는 것을 보다
Pinocchio saw lots of boys having fun.
피노키오는 많은 소년들이 재미있게 노는 모습을 보았다.

Pinocchio spent five months in the Land of Toys and played every day. One day he woke up and scratched his ears.

"What's wrong with my ears?" he said. [1]

He filled a basin with water and looked at himself. [2]

"Oh no, my ears are large and hairy," he said.

"And I have a tail! What am I going to do?"

Then he heard a noise.

- □ spend (시간을) 보내다 (spend-spent-spent)
- □ scratch 긁다
- □ basin 세숫대야
- □ look at …을 쳐다보다
- □ hairy 털이 난
- □ tail 꼬리
- □ What's the matter? 무슨 일이니?
- □ squirrel 다람쥐
- □ disease 병
- □ donkey 당나귀
- □ instead of …대신에

"What's the matter?" asked a little squirrel.

"I think I have a very bad disease!"

"It's not a disease," said the little Squirrel.

"You have become a donkey." ★

★ 학교에 가지 않고 매일 놀기만 하면 멍청한 당나귀처럼 된다는 말이에요. 서구에서 당나귀(donkey)는 멍청하고 미련한 사람을 뜻하기도 한답니다.

It was true! Pinocchio was now a little donkey instead of a wooden puppet. Pinocchio cried, but only "EE-AW!" came from his mouth.

1 **What's wrong with ...?** …가 왜 이러지?
What's wrong with my ears? 내 귀가 왜 이러지?

2 **fill A with B** A를 B로 채우다
He filled a basin with water and looked at himself.
피노키오는 세숫대야에 물을 채우고 자신의 모습을 비춰보았다.

Pinocchio was sold to ______.

a. a circus
b. a farmer
c. a driver

정답 a

Then the Driver came in and saw the little Donkey.
"At last you have become a donkey. [1]
Bad boys become donkeys!" he said. "I'll have to sell you now!" And he sold Pinocchio to a circus.
The Owner of the Circus was very cruel!
He tried to teach Pinocchio to do tricks.
When he whipped him, the little Donkey screamed with pain.
The day came for Pinocchio's first show. [2]
That night, the theater was full of people.
"Pinocchio! Run!" shouted the Owner.
The little Donkey ran.
"Faster!"
And Pinocchio ran very fast.
The crowd clapped and cheered the little Donkey.

- □ circus 서커스 (공연), 곡예
- □ owner 주인
- □ cruel 잔인한
- □ do tricks 재주를 부리다
- □ whip 채찍으로 때리다, 채찍
- □ with pain 아파서, 고통으로
- □ theater 공연장, 극장
- □ fast 빨리 (비교급 faster)

1 **at last** 드디어, 결국
At last you have become a donkey. 드디어 네 녀석이 당나귀로 변했구나.

2 **The day comes for** …하는 날이 오다
The day came for Pinocchio's first show.
피노키오의 첫 공연 날이 왔다.

Then he saw a beautiful woman watching him.
"That's my Blue Fairy!" thought Pinocchio.
He tried to call to her. But only a loud "EE-AW! EE-AW!" came from his mouth.
The little Donkey's eyes filled with tears. [1]
"Now, Pinocchio! Jump through these rings!" shouted the Owner.
Pinocchio jumped, but he couldn't reach the rings.

The Owner was angry. He hit Pinocchio with [2] his whip.

Pinocchio jumped again, but he fell over.

He limped back to the stable. His legs hurt very much.

-less는 '~없는'이라는 뜻을 가지고 있어요. 그래서 use(소용, 쓸모)에 -less가 붙으면 '쓸모 없는'이라는 형용사가 만들어져요.

"I don't need a lame donkey!" said the Owner.

"You are useless! No one will want to buy you!"

The Owner took Pinocchio to the cliff, and threw him into the sea!

- □ call to (주의를 끌려고) …에게 소리치다
- □ jump through 뛰어서 …을 통과하다
- □ ring 고리
- □ reach …에 이르다
- □ limp 절룩거리며 걷다
- □ stable 마구간
- □ cliff 절벽
- □ throw A into B A를 B 속에 던지다

1 **fill with** …이 차오르다

The little Donkey's eyes filled with tears.

어린 당나귀의 눈에 눈물이 차 올랐다.

2 **hit A with B** A를 B로 때리다

He hit Pinocchio with his whip.

그는 채찍으로 피노키오를 때렸다.

? 피노키오가 다친 곳은?

a. his head
b. his legs
c. his arms

정답 b

Check-up Time!

● WORDS

빈 칸에 알맞은 단어를 보기에서 골라 써 넣으세요.

cruel	hairy	lame	sorry

1 You will be ________ before long.

2 Oh no, my ears are large and ________.

3 The Owner of the Circus was very ________!

4 I don't need a ________ donkey!

● STRUCTURE

빈 칸에 알맞은 단어를 골라 문장을 완성하세요.

1 What am I ________ to tell Father?

a. go b. going c. went

2 Pinocchio saw lots of boys ________ fun.

a. having b. to have c. is having

3 I don't want my nose ________ again.

a. grow b. grew c. to grow

ANSWERS

Words | 1. sorry 2. hairy 3. cruel 4. lame

Structure | 1. b 2. a 3. c

● COMPREHENSION

문장의 앞부분과 뒷부분을 본문에 나오는 내용을 생각하며 연결하세요.

1 Pinocchio became •
2 The Land of Toys •
3 Pinocchio saw the Fairy •
4 The Owner of the Circus •

• a. watching him.
• b. whipped Pinocchio.
• c. was full of fun.
• d. a little donkey.

● SUMMARY

빈 칸에 맞는 말을 골라 이야기를 완성하세요.

Pinocchio met a wagon full of boys. With them, Pinocchio went to the Land of Toys and played ( ). But after a while he became a donkey and was ( ) to a circus. Poor Pinocchio couldn't do the ( ) well, so the angry Owner ( ) him into the sea!

a. tricks
b. threw
c. every day
d. sold

ANSWERS

Comprehension | 1. d 2. c 3. a 4. b Summary | c, d, a, b

CHAPTER 5

I'm a Real Boy!

진짜 소년이 됐어요!

In the water, Pinocchio became a wooden puppet again. He swam and swam. He got very tired. Suddenly a huge shark appeared and swallowed him. Pinocchio fell into the shark's stomach. [1]

He was scared and he began to cry.

"It's dark in here.

The Cricket was right. Bad boys can never be happy!

Father bought books for me and sent me to school.

But I sold them for a penny!"

Then suddenly he heard a voice, saying,

"Why are you crying?"

"Who's that?" asked Pinocchio.

□ swim 수영하다 (swim-swam-swum)
□ tired 지친
□ huge 거대한
□ shark 상어
□ stomach 뱃속
□ scared 무서워하는
□ send ... to school …을 학교에 보내주다
□ for a penny 푼돈에

1 **fall into** …속으로 떨어지다
Pinocchio fell into the shark's stomach.
피노키오는 상어 뱃속으로 떨어졌다.

"I'm Tunny, the Tuna Fish," said the voice. "The shark swallowed me too! What kind of[1] fish are you?"

"I'm not a fish," said Pinocchio. "I'm a puppet. I must get out of here! I need to go home to my father!"

Then Pinocchio saw a dim light. And he heard another strange noise!

"Who's there?" asked Pinocchio.

"Pinocchio, is that you?" answered a tired, old voice.

□ tuna fish 다랑어, 참치
□ get out of …을 빠져 나가다(벗어나다)
□ dim (불빛이) 흐릿한
□ answer 대답하다

1 **what kind of** 어떤 종류의 …
What kind of fish are you? 너는 어떤 종류의 물고기니?

Pinocchio walked toward the light.

"Father!" shouted Pinocchio. "I thought I would never see you again!"

Pinocchio hugged and kissed Geppetto. He was very happy to see his father again!

피노키오가 들은 목소리가 아닌 것은?

a. 다랑어의 목소리
b. 상어의 목소리
c. 아버지의 목소리

정답 b

"How did you get here, Father?" asked Pinocchio. Geppetto was full of tears.

"I heard you had left for a strange country," he said. "So I came to sea to look for you. But my boat sank in a storm. Then this huge shark swallowed me and my boat!"

1 **blow A out of B** (불어서) A를 B에서 튕겨 내보내다
He'll blow us out of here!
상어가 우리를 여기서 튕겨 내보낼 거예요!

"I'll save us, Father!" said Pinocchio bravely. "I have a plan! I'll tickle the shark. Then, when he sneezes, he'll blow us out of here!"[1]

So he tickled the shark. He tickled and tickled it until it sneezed loudly.

And Pinocchio and Geppetto were blown into the sea.

- □ be full of tears 마구 눈물을 흘리다
- □ come to sea (배를 타고) 바다로 나오다
- □ sink 가라앉다 (sink-sank-sunk)
- □ storm 폭풍
- □ bravely 용감하게
- □ plan 계획, 묘책
- □ tickle 간질이다
- □ sneeze 재채기하다
- □ loudly 요란하게

Mini-Lesson

See p. 87

... until ~ 계속 …해서 결국 ~하다〔~까지 …하다〕

- He tickled and tickled it until it sneezed loudly.
  그가 계속 간질여 결국 상어가 요란하게 재채기했다.
- She studied until midnight. 그녀는 자정까지 공부했다.

"Oh, save yourself, Pinocchio," shouted Geppetto.
"I can't swim!"
"I won't leave you, Father," cried Pinocchio.
"Hold onto my back. I can see land. We'll soon 1
get there!"
Pinocchio swam toward the land. But he could not swim very fast. His father was too heavy.
He was soon tired. Then he heard a voice.
"Is that you, little puppet?"
"We are drowning!"

"Remember me? I'm Tunny. When you tickled the shark, I got out too."

"You've arrived just in time! Please save us!" 2

"Get on my back.★ I'll carry you and your father to land. Hang on!"

★ 우리가 흔히 참치라고 부르는 다랑어(tuna)는 5대양을 빠른 속도로 헤엄쳐 다니는 대형 물고기예요. 큰 것은 크기가 3미터에 달한다고 하니 피노키오와 제페토를 등에 업을 만하죠?

- □ heavy 무거운
- □ drown 물에 빠져 죽다
- □ get on …에 올라타다 (get-got-got(ten))
- □ carry ... to land …을 뭍으로 데리고 가다
- □ Hang on! 꽉 잡아!

1 **hold onto** …에 매달리다, …을 꽉 잡다
Hold onto my back. 제 등에 매달리세요.

2 **just in time** 마침, 제때에
You've arrived just in time! 너 마침 잘 왔어!

At last they reached land.
"Thank you," said Pinocchio. "You have saved my father."
Tunny waved his tail at them. Then he swam away. [1]
"Hold my arm, Father. I'll help you," said Pinocchio.
"Thank you, Son. You saved my life," said Geppetto.
Together they went home.
"I'll be good, Father," said the little puppet.
"The Blue Fairy told me to be good, and not to tell lies. Then I will be a real boy!"
"You are tired, Pinocchio," said his father. "Go to bed. Sleep well."
"Good night, Father," said Pinocchio. "I love you. I will never leave you again!"

☐ swim away 멀리 헤엄쳐 사라지다
☐ help 돕다, 부축하다
☐ tell a lie 거짓말하다 (tell-told-told)
☐ go to bed 잠자리에 들다 (go-went-gone)
☐ Good night. 안녕히 주무세요., 잘 자거라.

1 **wave A at B** B에게 A를 흔들다
Tunny waved his tail at them.
튜니는 두 사람에게 꼬리를 흔들었다.

Mini-Lesson

tell + 목적어(A) + to〔not to〕+ 동사원형(B): A에게 B하라고 〔B하지 말라고〕 하다

- The Blue Fairy told me to be good, and not to tell lies.
  파란 요정님이 제게 착하게 행동하라고, 그리고 거짓말하지 말하고 했어요.
- I told her not to come. 나는 그녀에게 오지 말라고 했다.

Pinocchio went to bed and fell asleep.
He dreamed of the Blue Fairy. [1]
She was smiling. She kissed him and said,
"Pinocchio, today you were brave and good.
I forgive you. You are now a real
little boy!"
Pinocchio woke up.
He felt his arms and
legs. They were
soft like real arms
and legs.

□ brave 용감한
□ forgive 용서하다 (forgive-forgave-forgiven)
□ feel 만져보다 (feel-felt-felt)
□ excited 신난
□ jump into one's arms …의 품에 덥석 안기다
□ around the room 방 안을 돌며

1 **dream of** …의 꿈을 꾸다, …을 꿈에 보다
He dreamed of the Blue Fairy. 피노키오는 파란 요정의 꿈을 꾸었다.

2 **look back at** …을 마주 쳐다보다
A real boy looked back at him.
진짜 소년이 거울 속에서 그를 마주 쳐다보고 있었다.

He ran to the mirror. A real boy looked back at him. 2
He had blue eyes, brown hair, and a happy smile. Pinocchio was very excited. He ran and jumped into his father's arms.
"Look, Father, I'm a boy! I'm a real boy now!"
"So you are, my son," said Geppetto.
"So you are!"
They were very happy and danced around the room together.

Mini-Lesson

so + 주어 + be동사: 정말 그렇구나

대화에서 앞 사람이 말한 형용사나 명사에 '정말 그렇구나' 라고 맞장구를 칠 때는 so 다음에 앞에 나온 명사나 형용사에 해당하는 주어와 be동사를 쓰면 돼요.

A: I'm a real boy now! 제가 진짜 소년이 됐어요!
B: So you are, my son. 정말 그렇구나, 얘야.

A: He is late! 그 사람은 늦었어!
B: So he is! 정말이야!

Check-up Time!

• WORDS

다음의 단어에 해당되는 뜻을 찾아 연결하세요.

1 tired •		• a. 간질이다
2 huge •		• b. 재채기하다
3 dim •		• c. 지친
4 tickle •		• d. 거대한
5 sneeze •		• e. 흐릿한

• STRUCTURE

빈 칸에 알맞은 단어를 골라 문장을 완성하세요.

1 I sold the books ________ a penny!

a. for b. into c. of

2 Pinocchio fell ________ the shark's stomach.

a. for b. into c. of

3 What kind ________ fish are you?

a. for b. into c. of

ANSWERS

Words | 1. c 2. d 3. e 4. a 5. b Structure | 1. a 2. b 3. c

● COMPREHENSION

본문의 내용과 일치하면 True, 일치하지 않으면 False에 표시하세요.

1 Pinocchio met Geppetto on the ship.

☐ True ☐ False

2 Pinocchio had an idea to kill the shark.

☐ True ☐ False

3 The Tuna Fish got out of the shark's stomach.

☐ True ☐ False

4 The Blue Fairy appeared in Pinocchio's dream.

☐ True ☐ False

● SUMMARY

빈 칸에 맞는 말을 골라 이야기를 완성하세요.

> A huge shark (   ) Pinocchio. In the stomach of the shark he met his father. Geppetto had come to sea to (   ) Pinocchio. They finally got (   ) the stomach, and with the help of the Tuna Fish, they swam to the land. That night Pinocchio (   ) of the Fairy and became a real boy!

a. look for   b. swallowed

c. dreamed   d. out of

ANSWERS

Comprehension | 1. False 2. False 3. True 4. True   Summary | b, a, d, c

After *the Story*

Reading X-File 이야기가 있는 구문 독해

Listening X-File 공개 리스닝 비밀 파일

Story in Korean 우리 글로 다시 읽기

Reading X-File

본문 page 20
본문 page 34

This has been my room for a hundred years.

여기는 백 년 동안 내 방이었어.

★ ★ ★

제페토의 손끝에서 태어난 피노키오는 자신의 방에서 잠이 듭니다. 그때 갑자기 방에 말하는 귀뚜라미가 나타나 착하게 행동해야 한다고 충고하죠. 위 문장은 누구냐는 피노키오의 말에 귀뚜라미가 자기 소개를 하면서 한 말인데요, 귀뚜라미는 have〔has〕 been을 써서 '과거부터 지금까지 계속 …이었다〔있었다〕' 라는 뜻을 만들고 있어요. 뒤에 나오는 for + 시간단위는 얼마간 그래왔는지를 말해준답니다. 이런 문장을 피노키오와 다람쥐의 대화로 다시 볼까요?

Pinocchio

I have been here for five months.

난 여기 5개월 동안 있었어.

Squirrel

Then it's time to leave and go home!

그럼 이제 떠나서 집으로 갈 때가 되었구나!

Pinocchio's nose was so long that he couldn't turn around.

피노키오는 코가 너무 길어져서 몸을 돌릴 수 없었다.

★ ★ ★

피노키오는 강도를 만나 죽을 뻔한 자신을 구해준 파란 요정에게 금화를 잃어버렸다고 거짓말합니다. 그러자 피노키오의 코가 길어졌죠. 위 문장은 거짓말을 할 때마다 코가 계속 늘어나 결국 몸을 움직일 수 없게 된 피노키오의 모습을 담고 있어요. '너무 …해서 ~하게 되다' 라는 뜻의 so + 형용사 + that절을 사용해서 말이죠. 그럼 피노키오와 파란 요정의 대화를 통해 이 표현을 다시 볼까요?

Blue Fairy

You are so bad that I have to punish you!

네가 너무 못되게 굴어서 아무래도 벌을 줘야겠다!

Pinocchio

Please forgive me! I'll be good!

용서해 주세요! 착하게 행동할게요!

본문 page 49
본문 page 73

It's you who steals my chickens!

우리 집 닭을 훔치는 녀석이 바로 너로구나!

★ ★ ★

피노키오는 포도를 훔쳐 먹으려고 포도밭에 들어갔다가 농부가 닭 도둑을 잡으려고 쳐둔 덫에 걸리고 맙니다. 위 문장은 덫에 걸린 피노키오를 보고 농부가 한 말인데요, 농부는 It is + 강조할 사람 + who + 동사로 '…하는 것은 바로 ~이다' 라는 뜻을 만들고 있어요. 누가 하는지를 강조하고 싶을 때 이런 문장을 많이 활용한답니다. 그럼 피노키오와 농부의 대화로 다시 볼까요?

Farmer

Now it's you who must guard the henhouse.

이제 바로 네가 닭장을 지켜줘야겠어.

Pinocchio

But I can't fight the thieves alone.

하지만 저 혼자서는 도둑들과 싸울 수 없어요.

Pinocchio tickled it until it sneezed.

피노키오가 계속 간질여 결국 그것이(상어가) 재채기했다.

★ ★ ★

상어 뱃속에서 제페토를 만난 피노키오는 상어가 재채기를 하면 그 힘으로 뱃속에서 튕겨져 나가게 될 것이라는 아이디어를 냅니다. 위 문장은 피노키오가 상어를 간질여 결국 탈출에 성공하는 내용을 담고 있는데요, 이때 '…할 때까지' 라는 뜻의 until이 '계속 …해서 결국 ~하다(~할 때까지 …하다)' 라는 표현을 만들고 있어요. 그럼 이 표현을 피노키오와 제페토의 대화로 다시 볼까요?

Pinocchio

I kept reading until I finished the book.

계속 읽어서 결국 책을 다 끝냈어요.

Geppetto

Well done, Pinocchio!
I will buy you another one.

잘했구나, 피노키오! 다른 책을 사주마.

Listening X-File

01 참 잘 했어요, 베리 긋!

good의 oo는 [우]보다 [으]에 가깝게 발음하세요.

Very good! 어떻게 발음하나요? [베리 굿]으로 발음한다면, Oh no! good의 oo는 길게 늘이지 않고 짧게 발음해야 해요. 그래서 [우]보다는 [으]에 가까운 소리가 나죠. 이제는 good을 [굿]하고 늘어지게 발음하지 말고 [긋]하고 짧게 발음해 보세요. 이렇게 oo를 짧은 [으]로 발음하는 경우를 본문 22쪽에서 확인해 볼까요?

The next morning Geppetto gave Pinocchio his (   ).

books [북ㅅ] 또는 [부욱ㅅ]하고 길게 발음하면 원어민들이 쉽게 알아듣지 못해요. books의 oo를 [으]처럼 짧고 강하게 소리 내서 [븍ㅅ]로 발음해 보세요.

02 s는 t를 강하게 만들어요!

t 앞에 s가 오면 t를 [ㄸ]로 발음하세요.

stop이나 stick에서처럼 s와 t가 나란히 오면 t의 발음이 한층 강해져서 [ㅌ]가 이니라 [ㄸ]에 가깝게 들려요. 그러니까 stop의 경우 [스탑]보다는 [스땁]에, stick의 경우 [스틱]보다는 [스띡]에 가깝게 발음해야 하는 거죠. t가 s를 만나 강해지는 경우를 본문 24쪽에서 찾아볼까요?

When he went in, Pinocchio saw lots of puppets on the (   ).

stage s와 t가 나란히 왔죠? [ㅌ] 발음이 강해져야 해요. 따라서 [스테이쥐]보다는 [스떼이쥐]로 발음하는 것이 더 자연스럽답니다.

03 복수가 되면 사라져요!

-th로 끝나는 단어가 복수형이 되면
[θ] 발음이 사라지게 돼요.

cloth는 [클로 θ]로 발음하지만 끝에 복수형 어미 -es가 붙어서 clothes가 되면 [클로 z]로 발음해요. 단어 끝의 [θ] 발음이 [z] 발음이 나는 -es를 만나 거의 사라져 들리지 않게 된 거죠. 이처럼 단어 끝의 [θ] 발음은 단어가 복수형이 되면 발음이 약해지거나 사라지기 쉽답니다. 본문 60쪽에서 확인해 볼까요?

Pinocchio spent five (   ) in the Land of Toys and played every day.

months month에 복수형 어미 -s가 붙어서 months가 되면 끝의 th에 해당하는 [θ]발음이 매우 약해져서 [먼θㅅ]가 아닌 [먼ㅅ]처럼 들리게 됩니다.

04 t가 부드러워질 때

t가 모음 사이에 오고 앞 모음에 강세가 있으면 [ㅌ]가 [ㄹ]처럼 발음된답니다.

better, 어떻게 발음하나요? 원어민들은 better를 [베터]보다는 [베러]에 가깝게 발음한답니다. 이처럼 t가 모음 사이에 끼어 있고, 또 t앞에 있는 모음에 강세가 오면 t에 해당하는 본래의 [ㅌ] 발음이 약해져서 [ㄹ]처럼 부드럽게 발음되는 경우가 많아요. t가 부드러워지는 경우를 본문 68쪽에서 찾아볼까요?

In the (   ), Pinocchio became a wooden puppet again.

water t가 모음 a와 e 사이에 있고 강세가 앞 모음 a에 있으므로 [ㅌ]가 [ㄹ]처럼 부드럽게 들려요. 따라서 [워터]보다는 [워러]에 가까운 소리가 납니다.

우리 글로 다시 읽기

피노키오

1장 | 꼬마 나무 인형

p.16~17 옛날에 나이 많은 목수가 살았다. 제페토라는 이름의 이 목수는 숲 속에서 홀로 살았다. 어느 날 제페토는 멋지게 생긴 나무토막 하나를 발견했다.

제페토가 말했다. "이걸로 꼭두각시 인형을 만들어야겠군. 이름은 피노키오라고 해야지. 아들처럼 생각하면 더는 외롭지 않을 거야."

제페토는 나무를 가지고 집으로 와서 꼭두각시 인형을 만들기 시작했다. 그는 머리와 얼굴과 눈을 만들었다. 갑자가 인형의 두 눈이 움직이더니 그를 빤히 쳐다보았다. 제페토는 깜짝 놀랐지만 무시했다. 그리고 계속 일했다.

p.18~19 제페토가 인형의 입을 만들자마자 입이 웃기 시작했다. 그는 다시 놀라고 말았다. 이제 그는 나무토막이 보통 나무가 아니라는 것을 깨달았다.

"웃지 마!" 제페토가 말했다. 하지만 입은 긴 혀를 쑥 내밀었다.

제페토는 팔과 손을 만들었다. 그러자 갑자기 꼭두각시 인형이 그의 노란색 가발을 잡아챘다.

제페토는 "피노키오! 내 가발 내놔!"라고 외치며 가발을 다시 빼앗았다.

제페토는 다리와 발을 완성했다. 그러자 다리 하나가 그의 코를 걷어찼다.

"아야!" 그가 비명을 질렀다.

꼭두각시 인형은 탁자 위로 뛰어올라갔다.

"나 좀 보세요! 나는 춤을 출 수 있어요!" 꼭두각시 인형이 말했다.

"그만 해, 피노키오. 이제 얌전히 굴어라. 너는 내일부터 학교에 가는 거야." 제페토가 말했다.

p.20~21 피노키오는 어둠 속에 잠을 깼다. 그때 이상한 소리가 들렸다.

"귀뚤, 귀뚤, 귀뚤."

"거기 누구야?" 피노키오가 물었다.

그러자 어떤 목소리가 말했다. "나는 말하는 귀뚜라미야. 이 방에서 산 지 백 년이나 되었단다."

"지금은 내 방이야. 그러니까 나가줘야겠어!" 피노키오가 말했다.

귀뚜라미가 말했다. "나갈 거야. 하지만 그 전에 할 말이 있어. 못된 아이들은 결코 행복할 수 없는 법이란다!"

"난 못된 아이가 아니야. 나는 내일부터 학교에 갈 거야." 피노키오가 말했다.

"기억해둬. 못되게 굴면 너는 결코 진짜 소년이 될 수 없어!"

"더는 네 말을 듣지 않겠어, 귀뚜라미 씨!"

피노키오는 망치를 들어 귀뚜라미에게 던졌다. 망치는 귀뚜라미의 머리를 맞았다.

"귀뚤, 귀뚤, 귀뚤."

귀뚜라미는 그만 떨어져 죽고 말았다!

p.22~23 다음날 아침 제페토는 피노키오에게 책을 주었다.

"아빠 외투는 어디 있어요?" 피노키오가 물었다.

"팔았단다. 날씨가 너무 따뜻해서 말이야." 제페토가 대답했다.

하지만 사실 제페토는 아들에게 책을 사주기 위해 외투를 팔았던 것이다. 피노키오는 어떻게 된 건지 알아차렸다. 그는 아버지를 끌어안고 뽀뽀했다. 그런 다음 새 책을 들고 학교로 향했다.

피노키오가 중얼거렸다. "학교는 재미있을 거야. 오늘은 읽기를 배워야지! 내일은 쓰기를 배울 테야! 모레는 셈을 배우고 말이야! 그런 다음 돈을 벌어서 아빠에게 새로 따뜻한 외투를 사드려야지!"

그러다 피노키오는 갑자기 걸음을 멈췄다.

"음악소리가 들리는데? 어디서 나는 소리지?"

p.24~25 피노키오는 사람들이 모여 있는 곳으로 달려갔다.

그리고 한 소년에게 물었다. "무슨 일이니?"

"꼭두각시 인형극이야." 소년이 대답했다.

"인형극이 벌써 시작됐니?"

"아직 아니야! 하지만 구경하려면 돈을 내야 해!"

피노키오는 학교도 잊고 아버지도 잊고 말았다. 그리고 책을 넝마주이에게 팔아버렸다.

안으로 들어가서 보니 무대 위에 꼭두각시 인형들이 잔뜩 있었다.

"나도 노래하고 춤출 수 있어. 거기다 나는 줄도 필요 없어!" 피노키오는 이렇게 외치고 무대 위로 껑충 뛰어 올라갔다.

"무대에서 내려가지 못해." 인형극 단장이 소리쳤다.

하지만 관객들은 피노키오를 좋아했다. 관객들이 피노키오에게 박수를 치며 환호했다. 그러자 단장은 피노키오에게 금화 다섯 닢을 주었다.

2장 | 강도들

p.28~29 집으로 가는 길에 피노키오는 절름발이 여우와 장님 고양이를 만났다. 둘은 오랜 친구처럼 걸어오고 있었다.

"안녕, 피노키오." 여우가 말했다.

"어떻게 내 이름을 알지?"

"네 아버지를 만났으니까. 외투도 없이 추위에 떨고 계시더라."

"가엾은 아빠! 하지만 오늘 이후로 추위에 떠실 일이 없을 거야."

"그건 왜지?"

"내가 부자가 됐거든."

피노키오는 여우와 고양이에게 금화를 얻은 이야기를 했다.

"여기서 우리를 기다려." 갑자기 고양이가 말했다.

여우도 말했다. "곧 돌아올게. 와서 너에게 돈을 두 배로 불릴 방법을 알려주겠어!"

그런 다음 둘은 걸어가 버렸다.

p.30~31 피노키오는 어둠 속에 홀로 남았다. 그때 나무 위에 무엇인가 작게 빛나는 것이 보였다. 그것은 피노키오를 바라보고 있었다.

피노키오가 물었다. "누구야? 왜 나를 쳐다보고 있지?"

"나는 말하는 귀뚜라미 유령이야. 집으로 가서 불쌍한 아버지께 돈을 드려."

"하지만 곧 금화 열 닢을 가지게 돼! 그러면 아빠는 새 외투를 몇 벌이라도 살 수 있어!"

"낯선 이들의 말을 듣지 마. 이 길은 위험해! 집으로 가!"

"돈을 두 배로 만들고 나서 집으로 갈게."

"기억해둬. 못된 아이들은 결코 행복해질 수 없어!"

그리고 나서 말하는 귀뚜라미 유령은 자취를 감췄다.

p.32~33 피노키오는 다시 혼자가 되었다.

고양이와 여우는 사실 절름발이와 장님이 아니었다. 그들은 강도였다. 둘은 검은 자루를 뒤집어쓰고 다시 나타났다. 그들이 말했다.

"돈을 내놔라. 그렇지 않으면 죽이겠다!"

피노키오는 겁에 질렸다. 그는 재빨리 금화를 혀 밑에 감췄다. 강도 하나가 피노키오의 코를 잡았다. 나머지 하나는 피노키오의 턱을 잡았다. 둘은 피노키오의 입을 벌리려고 용을 썼지만 소용없었다.

"너를 저 나무에 매달아 놓을 테다. 그리고 아침에 다시 오겠어." 여우가 말했다.

"그때는 우리에게 돈을 내놓겠지." 고양이가 말했다.

피노키오는 여전히 입을 열지 않았다! 그러자 둘은 그를 나무에 매달았다.

p.34~35 숲 속의 파란 요정이 불쌍한 꼭두각시 인형을 보고 그를 구해 주었다. 요정은 피노키오를 자신의 집으로 데려갔다. 피노키오는 요정에게 강도를 만난 이야기를 했다.

"지금은 금화가 어디에 있지?" 요정이 물었다.

"잃어버렸어요." 피노키오는 거짓말을 했다.

사실 금화는 주머니 안에 있었다. 그러자 피노키오의 코가 길어졌다.

"그럼 어디서 잃어버렸지?"

"숲 속에서요."

그러자 피노키오의 코가 한층 더 길어졌다.

"내일 아침에 함께 찾아보자. 반드시 돈을 찾을 수 있을 거야!" 요정이 말했다.

피노키오가 말했다. "지금 기억났어요. 금화를 잃어버린 게 아니었어요. 제가 그만 삼켜버렸어요."

이제 피노키오는 코가 너무 길어져서 몸을 돌릴 수도 없게 되었다.

p.36~37 요정은 피노키오를 쳐다보며 웃었다.

"왜 웃으시는 거죠?" 피노키오가 물었다.

"네 거짓말이 웃겨서 웃는 거야."

"제가 거짓말 하는지 어떻게 아세요?"

"너는 거짓말하면 코가 길어지거든. 그러고 보니 네 코가 엄청 길어졌구나!"

피노키오는 부끄러워졌다. 어디론가 숨고 싶었다. 하지만 코가 너무 길어져서 몸을 움직일 수도 없었다!

"항상 착하게 행동하겠다고 약속해." 파란 요정이 말했다.

"약속할게요! 착하게 행동할게요!" 피노키오가 말했다.

"그리고 항상 솔직하게 말해야 해!"

"약속할게요! 다시는 거짓말하지 않을게요!"

요정이 말했다. "코가 다시 줄어들게 해 줄게. 집으로 돌아가! 그러면 언젠가는 너도 진짜 소년이 될 거야!"

p.38~39 다음날 피노키오는 길에서 여우와 고양이를 다시 만났다. 불쌍한 피노키오는 그들이 강도라고 눈치채지 못했다. 피노키오는 둘을 다시 만나게 되어 기뻤다.

"네 돈을 두 배로 만들 수 있어." 여우가 말했다.

"돈을 기적의 밭에 묻기만 하면 돼." 고양이가 말했다.

그래서 피노키오는 돈을 밭에 묻었다.

여우가 말했다. "이제 가도 돼. 20분 후에 돌아오면 금화가 많이 늘어나 있을 거야."

하지만 피노키오가 돌아왔을 때 돈은 사라지고 없었다! 물론 여우와 고양이가 미리 돈을 훔쳐 달아났던 것이다.

p.44~45 피노키오는 계속 걸었다. 그러다 문득 멈춰 섰다.

'길 한가운데 있는 저게 뭐지?' 피노키오가 생각했다.

그는 까치발로 살금살금 다가갔다. 그것은 눈에서 붉은 빛을 내뿜는 커다란 초록색 뱀이었다. 피노키오는 몹시 겁에 질리고 말았다! 피노키오는 커다란 나무 뒤에 숨었다. 그리고 뱀이 다른 데로 가기를 바랬다. 피노키오는 한참을 기다렸다. 하지만 뱀은 꿈쩍도 하지 않았다.

결국 피노키오가 용감하게 말을 걸었다. "실례합니다, 뱀님. 좀 비켜주시겠어요? 제가 지나가야 해요. 아빠가 저를 기다리고 계세요."

하지만 뱀은 움직이지 않았다.

p.46~47 '죽은 걸까?' 피노키오가 생각했다.

피노키오는 뱀을 타넘고 가려 했다. 하지만 그때 뱀이 갑자기 움직였다. 피노키오는 걸려 넘어지고 말았다. 피노키오의 머리가 진흙탕 속에 박혔다. 그러자 뱀이 웃어대기 시작했다. 뱀은 웃고 또 웃었다. 피노키오는 일어나서 도망쳤다.

피노키오는 배가 몹시 고팠다. 그래서 포도를 따먹으러 포도밭으로 뛰어들었다. 피노키오가 포도덩굴로 다가갈 때 요란하게 철컥 하는 소리가 났다! 가엾은 피노키오가 그만 농부가 쳐둔 덫에 걸리고 만 것이었다. 피노키오는 비명을 지르며 울기 시작했다. 하지만 아무도 듣는 사람이 없었다.

하늘이 점점 더 어두워졌다. 다리가 너무나 아팠다. 피노키오는 거의 기절할 지경이었다.

p.48~49 그때 피노키오의 눈에 개똥벌레 한 마리가 보였다.

"불쌍한 친구로군. 어쩌다 덫에 걸린 거야?" 개똥벌레가 물었다.

"포도를 따먹으러 밭으로 들어오는 바람에 그만…"

"이 포도들이 네 것이니?"

"아니."

"그럼 누가 남의 것을 훔쳐도 된다고 가르쳤니?"

"배가 고파서 그랬어."

"단지 배가 고프다는 이유로 남의 것을 훔쳐선 안 돼!"
피노키오가 울며 말했다. "맞아, 맞아. 다시는 그러지 않을 거야."
그때 갑자기 농부가 나타났다. 농부는 덫에 걸린 꼭두각시 인형을 보았다.
"이런 꼬마 도둑놈 같으니라고! 그러니까 우리 집 닭을 훔치는 녀석이 바로 너로구나!" 농부가 말했다.
"아니에요, 아니에요! 저는 포도가 좀 먹고 싶었을 뿐이에요." 피노키오가 말했다.

p.50~51 농부는 피노키오를 자신의 집으로 끌고 갔다. 그는 피노키오를 쇠사슬로 마당에 있는 개집에 묶었다.
농부가 말했다. "우리 집 개가 오늘 죽었다. 네가 우리 집 닭장을 지켜줘야겠다. 도둑들이 나타나면 짖도록 해!"
그리고 나서 농부는 집 안으로 들어가 문을 잠갔다. 불쌍한 피노키오는 춥고 배고팠다. 쇠사슬을 잡아당겨 보았다. 하지만 줄을 느슨하게 할 수가 없었다.
피노키오가 중얼거렸다. "난 이런 꼴을 당해 마땅해! 나는 학교에 가지 않았어. 불쌍한 아빠 곁에 있지도 않았어. 나는 언제나 내가 하고 싶은 대로만 했어!"

p.52~53 피노키오는 개집 안에서 잠이 들었다. 그날 밤 족제비 무리가 나타났다.
그 중 한 마리가 나직이 말했다. "안녕, 멜람포."
"나는 멜람포가 아니야. 나는 피노키오야."
"멜람포는 어디 갔어? 이 집에 있던 늙은 개는 어디 있어?"
"그 개는 죽었어."
"저런 안됐구나. 참 착한 개였는데! 너도 착하게 굴 거지?"
"그게 무슨 말이야?" 피노키오가 물었다.
"음, 우리는 닭을 여덟 마리 훔칠 거야. 네가 짖지 않으면 네게 한 마리 줄게."
"멜람포가 정말 그렇게 했어?"
"그럼, 그렇게 했지."
"좋아. 조용히 있을게." 피노키오가 대답했다,
족제비들은 닭장 안으로 들어갔다. 그러자 피노키오는 닭장 문을 닫고 큰소리로 짖는 소리를 냈다. 농부가 밖으로 나와 족제비들을 잡았다. 농부는 매우 흡족해하며 피노키오를 풀어 주었다.

4장 | 장난감 나라

p.56~57 피노키오는 집으로 걸어가며 생각했다.

'아빠에게 뭐라고 말하는 게 좋을까? 사실대로 말해야지. 코가 다시 길어지는 건 원치 않아.'

그러다 피노키오는 소년들로 가득한 마차를 만났다.

피노키오는 그 중 한 명에게 물었다. "너희들 어디 가니?"

"우리는 장난감 나라로 달려가는 중이야! 너도 우리와 함께 가자!"

"아니, 안 돼! 집으로 가겠다고 약속했어."

"장난감 나라에는 학교도, 선생님도, 책도 없어! 매일매일이 휴일이야!" 소년이 말했다.

피노키오가 말했다. "흠! 거기 정말 재미있는 곳이야?"

"그럼, 확실해!"

p.58~59 피노키오는 깊이 한숨을 내쉬고 말했다.

"좋아. 나도 가겠어!"

그때 어떤 목소리가 매우 나직하게 들려왔다.

"귀뚤, 귀뚤, 귀뚤. 머지 않아 후회하게 될 거야."

피노키오는 사방을 둘러보았지만 아무도 보이지 않았다.

마차의 마부가 웃으며 말했다. "어서 타거라!"

일행은 장난감 나라에 도착했다. 피노키오는 많은 소년들이 재미있게 노는 모습을 보았다. 놀이시설과 장난감과 게임이 잔뜩 있었다. 사방에서 떠드는 소리와 웃음소리가 들렸다. 그곳은 정말로 행복한 곳이었다! 피노키오는 순식간에 불쌍한 아버지를 잊었다. 그리고 파란 요정과 한 약속도 잊었다.

"나는 여기서 재미있게 놀 거야. 오늘 나는 너무 행복해!" 피노키오가 말했다.

p.60~61 피노키오는 장난감 나라에서 다섯 달을 보냈고, 매일 놀기만 했다. 그러던 어느 날 잠에서 깨어 귀를 긁적이던 피노키오가 중얼거렸다.

"내 귀가 왜 이러지?"

피노키오는 세숫대야에 물을 채우고 자신의 모습을 비춰보았다.

"이런, 안 돼. 귀가 커진 데다 털이 숭숭 났어. 거기다 꼬리까지 생겼어! 이제 난 어떻게 하지?" 피노키오가 말했다.

그때 어떤 소리가 들렸다.

"무슨 일이야?" 작은 다람쥐가 물었다.

"내가 나쁜 병에 걸린 것 같아!"

작은 다람쥐가 말했다. "그건 병이 아니야. 너는 당나귀로 변한 거야."

다람쥐의 말은 사실이었다! 피노키오는 이제 나무 인형이 아니라 작은 당나귀가 되어 있었다. 피노키오는 큰 소리로 울었지만 입에서는 그저 "히잉!"하는 소리만 나올 뿐이었다.

p.62~63 그때 마부가 들어와 어린 당나귀로 변한 피노키오를 보았다.

마부가 말했다. "드디어 네 녀석이 당나귀로 변했구나. 못된 아이들은 당나귀가 되기 마련이지! 이제 너를 팔아 넘겨야겠다!"

그리고 마부는 피노키오를 서커스단에 팔았다. 서커스단 주인은 무자비한 사람이었다! 그는 피노키오에게 재주를 가르치려 했다. 서커스단 주인이 채찍으로 때릴 때마다 어린 당나귀는 아파서 비명을 질렀다.

피노키오의 첫 공연 날이 왔다. 그날 밤 극장은 사람들로 꽉 들어찼다.

"피노키오! 뛰어!" 서커스단 주인이 외쳤다.

어린 당나귀는 뛰었다.

"더 빨리!"

피노키오는 더 빨리 뛰었다. 관중은 박수를 치며 당나귀에게 환호를 보냈다.

p.64~65 그때 피노키오는 어떤 아름다운 여인이 자신을 지켜보고 있는 것을 보았다.

'파란 요정님이야!' 피노키오가 생각했다.

피노키오는 요정을 부르려고 했다. 하지만 입에서는 오직 "히잉, 히잉!" 소리만 요란하게 나올 뿐이었다. 어린 당나귀의 눈에 눈물이 차 올랐다.

"자, 피노키오! 뛰어서 이 고리들을 통과해!" 서커스단 주인이 외쳤다.

피노키오는 뛰어올랐지만 고리에 닿지 못했다. 서커스단 주인은 화가 났다. 그는 채찍으로 피노키오를 때렸다. 피노키오는 다시 뛰었지만 걸려 넘어지고 말았다. 피노키오는 절룩거리며 마구간으로 돌아갔다. 다리가 너무 아팠다.

서커스단 주인이 말했다. "나는 절름발이 당나귀는 필요 없어! 너는 쓸모 없는 존재야! 아무도 널 사려 하지 않을 거야!"

서커스단 주인은 피노키오를 절벽으로 끌고 가서 바다에 던져 버렸다!

5장 | 진짜 소년이 됐어요!

p.68~69 바다에 빠진 피노키오는 다시 나무 꼭두각시 인형이 되었다. 피노키오는 계속 헤엄쳤다. 그러다 몹시 지치고 말았다. 갑자기 거대한 상어가 나타나 피노키오를 삼켜버렸다. 피노키오는 상어 뱃속으로 떨어졌다. 그는 무서워 울음을 터뜨렸다.

"이 안은 캄캄해. 귀뚜라미 말이 옳았어. 못된 아이들은 결코 행복할 수 없는 법이야! 아빠가 내게 책을 사주고 학교에 보내줬지. 하지만 난 그 책을 푼돈에 팔아버리고 말았어!"

그때 갑자기 어떤 목소리가 들렸다.

"왜 울고 있니?"

"거기 누구야?" 피노키오가 물었다.

p.70~71 목소리가 대답했다. "나는 다랑어 튜니야. 상어가 나도 삼켰어! 너는 무슨 물고기니?"

피노키오가 말했다. "나는 물고기가 아니야. 나는 꼭두각시 인형이야. 나는 여기서 빠져나가야 해! 아빠가 계신 집으로 가야 해!"

그때 희미한 불빛이 보였다. 그리고 또 다른 이상한 소리가 들렸다!

"거기 누구예요?" 피노키오가 물었다.

"피노키오, 너냐?" 지치고 늙은 목소리가 대답했다.

피노키오는 불빛 쪽으로 다가갔다.

"아빠!" 피노키오가 외쳤다. "다시는 아빠를 못 볼 줄 알았어요!"

피노키오는 제페토를 끌어안고 뽀뽀했다. 그는

아버지를 다시 만나 기뻐서 어쩔 줄 몰랐다!

p.72~73 "여긴 어떻게 들어오시게 된 거예요, 아빠?" 피노키오가 물었다.

제페토는 눈물범벅이 되었다.

"네가 이상한 나라로 떠났다는 말을 들었다. 그래서 너를 찾으러 바다로 나왔지. 하지만 폭풍을 만나 배가 가라앉고 말았어. 그러다 이 거대한 상어가 나와 내 배를 삼켜 버렸단다!"

피노키오가 용감하게 말했다. "함께 탈출해요, 아빠! 제게 방법이 있어요! 제가 상어 배를 간질일게요. 그러면 상어가 재채기를 해서 우리가 여기서 튕겨 나갈 거예요!"

그리고 피노키오는 상어를 간질였다. 피노키오가 간질이고 간질여서 결국 상어가 요란하게 재채기했다. 그리고 피노키오와 제페토는 바다로 튕겨나갔다.

p.74~75 제페토가 외쳤다. "이런, 너부터 살아라, 피노키오. 나는 수영을 못해!"

피노키오가 소리쳤다. "아빠를 놔두고 가지는 않겠어요. 제 등에 매달리세요. 육지가 보여요. 곧 저기에 닿을 거예요!"

피노키오는 육지를 향해 헤엄쳤다. 하지만 빨리 헤엄칠 수가 없었다. 아버지가 너무 무거웠기 때문이었다. 피노키오는 곧 지치고 말았다. 그때 어떤 목소리가 들렸다.

"꼬마 나무 인형, 너니?"

"우리 둘 다 물에 빠져 죽을 것 같아!"

"나를 기억해? 난 튜니야. 네가 상어를 간질였을 때 나도 밖으로 나왔어."

"마침 잘 왔어! 제발 우리를 도와줘!"

"내 등에 올라타. 내가 너와 네 아버지를 육지로 데려다 줄게. 꽉 잡아!"

YBM
Reading
Library
독해력완성프로젝트

p.76~77 두 사람은 드디어 육지에 도착했다.

피노키오가 말했다. "고마워. 네가 우리 아빠를 살린 거야."

튜니는 두 사람에게 꼬리를 흔들었다. 그리고 멀리 헤엄쳐 사라졌다.

"제 팔을 잡으세요, 아빠. 제가 부축해 드릴게요." 피노키오가 말했다.

"고맙다, 아들아. 네가 내 목숨을 구했구나." 제페토가 말했다.

두 사람은 함께 집으로 갔다.

피노키오가 말했다. "이제는 착한 아이가 될게요, 아빠. 파란 요정님이 제게 착하게 행동하라고, 그리고 거짓말하지 말라고 했어요. 그러면 제가 진짜 소년이 될 거라고 했어요!"

"많이 피곤하겠구나, 피노키오. 잠자리에 들거라. 푹 자렴." 아버지가 말했다.

"안녕히 주무세요, 아빠. 사랑해요. 다시는 아빠 곁을 떠나지 않을 거예요!" 피노키오가 말했다.

p.78~79 피노키오는 침대로 갔고 잠이 들었다. 피노키오는 파란 요정의 꿈을 꾸었다. 요정은 미소를 짓고 있었다. 그리고 피노키오에게 키스하며 이렇게 말했다.

"피노키오, 오늘 너는 용감하고 착하게 행동했어. 너를 용서해줄게. 이제 너는 진짜 소년이야!"

피노키오는 잠에서 깼다. 그리고 자신의 팔과 다리를 만져보았다. 팔과 다리는 진짜 사람의 팔다리처럼 보드라웠다. 피노키오는 거울로 달려갔다. 진짜 소년이 거울 속에서 그를 마주보고 있었다. 거울 속의 푸른 눈과 밤색 머리 소년은 행복한 미소를 짓고 있었다. 피노키오는 너무나 기뻤다. 그는 달려가 아버지의 품에 안겼다.

"보세요, 아빠. 제가 소년이 됐어요! 제가 진짜 소년이 됐어요!"

"정말 그렇구나, 얘야. 정말 그래!" 제페토가 말했다.

두 사람은 너무나 행복해 방안을 돌며 함께 춤을 추었다.

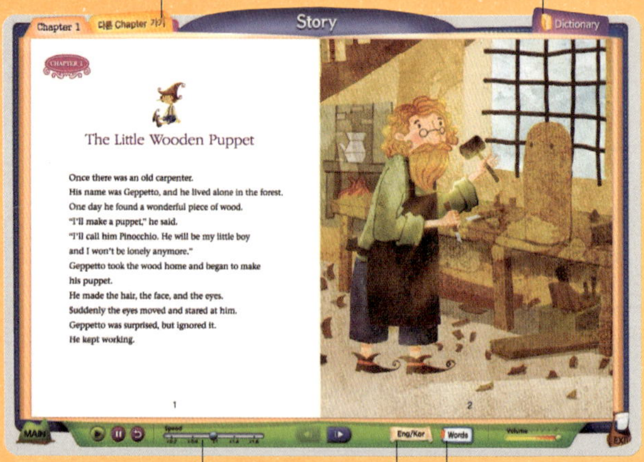

이 책의 CD-ROM 활용법

CD-ROM에서는 책에서 본 Story, Reading X-File, Listening X-File이 영상과 MP3로 담겨 있어 눈과 귀로 명작을 즐길 수 있습니다. 영상의 Story에서는 chapter 별로 영문과 그림을 즐길 수 있을 뿐 아니라 단어, 표현, 우리말 번역도 팝업창으로 확인할 수 있습니다. 또한 클릭 한 번으로 인터넷 사전을 이용할 수 있고, 네이티브의 발음으로 녹음된 텍스트는 속도조절기능까지 갖추고 있어 편리한 학습을 도와드립니다.

YBM Reading Library의 CD-ROM이 제공하는 5대 특장점을 직접 체험해 보세요!